Sebastopol détruit pourra, sans fiction ,
Rappeler les malheurs de l'antique Ilion.

A la Gloire de nos Armées de terre et de mer

LA

GUERRE D'ORIENT

POÈME NATIONAL

PAR

P. BAZAN,

Ancien Agent administratif des Directions de Travaux de la
Marine , Chevalier de la Legion d Honneur.

CHERBOURG,

IMPRIMERIE DE A. COUPEY, RUE DES CORDERIES, 27.
AVRIL 1859.

Note Préliminaire.

A une époque où les vers sont moins en faveur que jamais, c'est de ma part une coupable témérité d'oser, sans être poète romantique, entreprendre de traiter, dans ses diverses parties, un sujet aussi vaste que la *Guerre d'Orient*, et cela sans employer plus de 300 et quelques lignes de douze syllabes. J'ai dû restreindre ainsi l'étendue de cette composition, parce qu'aujourd'hui on ne lirait pas un long poème, fût il aussi bien écrit que l'*Iliade* ou la *Jérusalem délivrée*.

Cependant il m'a fallu nécessairement tenir compte des faits les plus saillants qui ont caractérisé cette guerre, comme par exemple, ses causes, le mouvement successif des flottes combinées, la réunion des troupes à Varna et l'épidémie qui, dans ce lieu, a décimé les défenseurs du Croissant ; le départ de Varna pour la Crimée, le débarquement sur la plage d'Eupatoria, les combats, le siége, enfin la chute de Sébastopol. — J'ai dû faire à notre marine une large part dans le succès des opérations navales qui embrassaient le nord et le midi de l'Europe et les côtes occidentales de l'Asie.

C'est pour rappeler des faits dont les résultats politiques ont été si importants pour le repos et le bonheur de l'Europe, c'est pour en reporter toute la gloire sur l'Empereur NAPOLÉON III et sur le Maréchal de *Saint-Arnaud*, qui a organisé la grande expédition contre le boulevard maritime des Russes dans la mer Noire, que j'ai entrepris d'écrire ce petit poème, qui n'a d'autre mérite que celui de résumer succinctement des faits historiques déjà presque oubliés et qui naguère encore occupaient l'univers entier !

Prologue.

Quarante ans écoulés dans une paix profonde
Semblaient un gage acquis pour le bonheur du monde.
Aux camps tumultueux, aux belliqueux hasards
L'Europe préférait l'Industrie et les Arts.
Mais d'un fier Potentat (1) la fougueuse colère
A reveillé soudain les fureurs de la guerre,
Ouvert subitement la lice des combats
Où vont se mesurer des milliers de soldats.

Qui pourrait raconter de notre jeune armée
Les exploits et la gloire aux champs de la Crimée?
Qui redira l'ardeur, les travaux surhumains,
Le noble dévouement de nos braves marins?
Louer tant de héros, la tâche est téméraire,
Quand pour la bien remplir il faudrait un Homère :
Pour retracer ces faits, suivre les bataillons.
Essayons en tremblant de prendre nos crayons.

I.

Représentant du Czar dans l'antique Byzance (2)
Menschikoff dont on sait l'altière pétulance
Veut dicter en ces lieux des lois aux Ottomans,
Ainsi met en péril le trône des Sultans ! (3)

(1) Nicolas, empereur de Russie.
(2) Aujourd'hui Constantinople.
(3) On a regardé comme cause unique de la rupture entre la Russi
et la Porte, la manière peu courtoise dont le prince Menschiko
remplit sa mission.

L'Europe s'en émeut, la France et l'Angleterre,
Pénétrant à regret ce ténébreux mystère,
Aussitôt le Croissant compte plus d'un vengeur
Qui jusqu'à la Néva font frémir l'agresseur,
Car les bras vont s'armer du Rhin à la Tamise,
Pour repousser du Czar la funeste entreprise !
L'Occident est froissé, mais que ne fait il pas
Pour éviter la guerre et le sort des combats ?
Aux avis généreux se trouvant indocile
L'Autcrate entreprend une lutte stérile
Et ce Prince au milieu d'un vaste isolement,
Effet pernicieux d'un jour d'égarement,
Sur son front inquiet sent trembler sa couronne
Quand seul dans son palais le Destin l'abandonne :
Nul ne veut en effet se cramponner au char
D'un monarque conduit par l'aveugle hasard !...
Le sort en est jeté, la paix est impossible ;
Bientôt va commencer une lutte terrible !...

Déjà vers l'Orient manœuvrent nos vaisseaux
Qui bientôt du Bosphore (1) auront franchi les eaux ;
De concert avec nous marchent ceux d'Angleterre
Montrant dans ces climats l'appareil de la guerre :
Mais si pour attaquer tant de canons sont prêts,
Ils ne le sont pas moins pour cimenter la paix !
Le Russe toutefois, en défiant l'orage
Du Pruth silencieux a franchi le passage.
Le vainqueur d'Erivan (2) et ses nombreux soldats
Aux rives du Danube accourant à grands pas,
Ont montré leurs drapeaux aux champs de Valachie

(1) Le Bosphore de Thrace ou canal de Constantinople.
(2) Le maréchal Paskéwitch, le meilleur des généraux de l'armée russe, mort à Varsovie dont il était gouverneur, peu de mois avant la conclusion de la paix. Toujours heureux dans la guerre, il était écrit au livre du destin qu'il échouerait devant Silistrie.

Et bientôt investi les murs de Silistrie :
Le torrent moscovite est au pied des Balkans
Et vomit sur ces bords des flots de combattants.
Mais l'on entend bientôt aux deux bouts de l'Europe
Retentir à grand bruit le canon de Sinope ;
Contre le droit des gens pénétrant dans ce port,
Natchimoff y répand la terreur et la mort ! (1)
Au sinistre récit de ce désastre horrible,
L'Occident pouvait il demeurer insensible ?
Il se lève indigné, fait soudain le serment.
D'aller d'un pas rapide au secours du Croissant.

Dans l'immobilité sur les eaux du Bosphore
Les vaisseaux alliés, que l'ancre y tient encore,
Par un prompt mouvement ont ouvert le chemin
Qui devait leur montrer les flots du Pont Euxin. (2)
Ils sillonnent ce lac dans leur course légère ;
Mais quand à sa poursuite échappe l'adversaire,
Le brave marinier redoute le repos,
Craint de manquer le but de ses nobles travaux !

II.

Nos marins, cependant, sur cet âpre rivage,
Bientôt vont déployer le plus mâle courage :
Pour défendre en ces lieux le sceptre des Sultans
Il faut y transporter de nombreux régiments,
Surtout que les Français marchant vers Silistrie,
Poursuivent des exploits dignes de leur génie,
Et que là d'un seul coup les Russes terrassés
Déplorent à jamais des projets insensés.

(1) Les Turcs avaient là 7 frégates et 3 corvettes. La flotte russe se composait de 6 vaisseaux. 2 frégates et un aviso, sous le commandement de l'amiral Natchimoff.

(2) Aujourd'hui la Mer Noire.

Saint Arnaud, dont Alger répète les louanges,
Entre tous est choisi pour guider nos phalanges :
Sous ce chef renommé l'on verra les Anglais
Marier leur bannière au drapeau des Français.
Qu'il est beau d'être unis, de partager la gloire
Noble fruit des combats, le prix de la victoire !
Auprès de Saint Arnaud brillera lord Raglan,
Des champs de Waterloo glorieux vétéran,
Vaillant comme autrefois, même encor téméraire,
Raglan mène au combat les fils de l'Angleterre.
Cependant le destin et pervers et jaloux
Contre nos deux héros dirigera ses coups !
Tous les deux périront sur la rive ennemie
Mais ils vivront toujours au sein de leur patrie.
Sur le front glorieux de ces vaillants guerriers
Tous les siècles futurs poseront des lauriers !..

Les rapides vaisseaux fendant la mer profonde
Vont porter nos soldats jusqu'aux confins du monde ;
Disputant de vitesse, Eole et la vapeur
Semblent des légions surexciter l'ardeur ;
On franchit l'Hellespont (1), Byzance voit les braves
Dont les bras sont armés pour briser les entraves,
Mais le vieux Musulman muet à leur aspect
Ne sait s'il est saisi de crainte ou de respect :
Il les voit, les contemple et son œil immobile
Ne peut dissimuler la froideur incivile ! (2)

III.

Cependant le temps fuit, enfin nos bataillons
Du Turban insulté vont venger les affronts,

(1) Aujourd'hui Détroit des Dardanelles.
(2) Il est positif que les Musulmans de la vieille souche virent
nos soldats avec une morne indifférence.

Près d'eux vont accourir du nord de l'Italie (1),.
Des rivages du Nil et de l'Ethiopie (2),
De cent climats divers des essaims de guerriers
Qui seront étonnés d'arriver les derniers !
C'est à Varna qu'il faut organiser l'attaque,
Manœuvrer fièrement sous les yeux du Cosaque,
De ce point diriger enfin les premiers coups
Qui doivent satisfaire un trop juste courroux,
Car l'orage a déjà grondé sur Silistrie
Et Varna voit les feux de ce vaste incendie :
Là, tous les maux cruels d'un siége rigoureux
Se sont développés à la clarté des cieux.
L'Ottoman sur ses murs a vu lancer la foudre
Qui menaça longtemps de tout réduire en poudre.
Mais la place résiste aux plus rudes assauts
Et tous ses défenseurs sont autant de héros ;
Paskéwitch irrité, se retirant sans gloire
Aux soldats d'Occident dérobe la victoire!
Tandis que Saint-Arnaud est privé du bonheur,
Combattant sur ces bords, de montrer sa valeur,
D'affronter les regards du guerrier moscovite
Et mettre sous Varna ses cohortes en fuite !
La paix aurait suivi ce succès éclatant
Et Paris eût revu Saint-Arnaud triomphant. (3)

Cependant des vaisseaux la savante tactique
A soumis à nos lois les eaux de la Baltique ;
Bomarsund est détruit, lui-même Sewaborg, (4)
Sur son roc de granit redoute un pareil sort,

(1) Les troupes piémontaises.
(2) Les Egyptiens, etc.
(3) Il est vraisemblable qu'une telle victoire eût obligé les Russe-
à traiter immédiatement avec les Puissances alliées.
(4) Bomarsund pris le 15 août 1854.

Refusant les combats, la flotte moscovite
Sous les forts de Cronstadt évite la poursuite.
Mais ce fameux rempart à son tour dut trembler
Voyant les alliés prêts à le foudroyer,
Et redoutant enfin l'effort de leur vaillance,
Le Russe consterné garde un morne silence !...

IV.

À Varna, la victoire ayant trahi nos vœux
Semblait même exciter nos instincts belliqueux,
Mais hélas ! des guerriers bientôt sur cette plage
L'inclémence du ciel va briser le courage
Et ces climats verront de valeureux soldats
Succomber sans combattre ou mourir l'arme au bras
Un fléau destructeur, cruelle épidémie
Vient tarir chez nos preux les sources de la vie ;
Le soldat consterné perd sa bouillante ardeur,
Son courage indompté fléchit sous la douleur :
S'il fixe du soleil la lumière importune
Il rêve à sa patrie et maudit la fortune.
Poursuivi, décimé par un funeste sort,
Varna devient pour lui l'asile de la mort ! (1)

Portant dans ces climats vos vertus secourables,
Sœurs de Vincent de-Paul, vous fûtes admirables ;
Filles qui pour servir la faible humanité
Possédez les trésors de l'humble charité,
Daignez donc en ces vers agréer nos hommages,
Trop infime tribut offert à vos courages :
Quand d'autres sont couchés sur un lit de duvet
Des soldats expirants vous êtes au chevet :

(1) Le choléra se manifesta dans la première quinzaine d'août 1854.

Les veilles, les dégoûts, rien ne vous épouvante,
La mort même à vos yeux cesse d'être effrayante,
Et vos rudes labeurs, vos insignes vertus,
Votre abnégation de Dieu seul sont connus... (1)

Mais cependant la foi raffermit les courages,
Amortit du fléau les funestes ravages,
La terreur disparaît, et l'on voit dans les camps
Renaître enfin la joie et les ris et les chants.
Retrouvant sa vigueur et son allure altière,
Le soldat se souvient de sa chanson guerrière
Or pour lui le repos n'ayant aucun appas
Il demande à grands cris qu'on le mène aux combats !...

Toutefois, SAINT-ARNAUD brûlait d'impatience
Car il voyait sur lui fixé l'œil de la France :
Il combinait les plans, mûrissait les projets
Qui devaient sûrement répondre du succès.

Mais qu'il est grand surtout durant l'épidémie !
C'est là que chaque jour il consume sa vie :
Ange consolateur, près du soldat mourant,
Il sait le ranimer d'un regard bienveillant.
Son dévouement pour tous devient incomparable,
Et qui n'en fut témoin le traitera de fable ! (2)

V.

Quand il eut arrêté ses vigoureux desseins
Et même à la victoire aplani les chemins,

(1) Le maréchal Saint-Arnaud dit dans un rapport au ministre de la guerre. que la présence des Sœurs de Saint Vincent de-Paul produisit sur le moral du soldat un effet salutaire.

(2) Le Maréchal de Saint Arnaud passait plusieurs heures chaque jour au lit des malades, leur prodiguant des consolations et des encouragements: il aimart a retrouver la, écrivait il au Ministre de la Guerre, la grande nation avec son moral et son dévouement au dessus de l'admiration.   (Moniteur, 21 août 1854.)

Par un ordre du jour éloquent et sublime,
Il communique à tous cet esprit qui l'anime.
  « Braves soldats, dit il, valeureux compagnons,
Vous dont tout l'univers connaît déjà les noms,
Pourquoi dans le repos ici rester encore,
Quand je lis sur vos fronts l'ardeur qui vous dévore ?
C'est à Sébastopol, amis, qu'il faut marcher,
Oui, c'est là que demain vos bras doivent frapper :
C'est de ce point fameux que le Russe s'élance
Quand il veut s'avancer pour assaillir Byzance.
C'est là que l'Autocrate a, durant cinquante ans,
Rassemblé ses efforts contre les Ottomans :
Vaisseaux, canons, soldats, en ce lieu tout abonde
Et conspire en secret contre la paix du monde.
Vous réduirez bientôt cet immense arsenal
Où se trouve caché tout un état naval :
Et l'on admirera les guerriers intrépides,
Honorables neveux de ceux des pyramides » (1)
Ce discours, du soldat décuplant la valeur,
Est acclamé du cri de VIVE L'EMPEREUR !!!

  Tels autrefois les Grecs en marchant contre Troie
Faisaient retentir l'air de nombreux cris de joie,
De même nos soldats, montant sur les vaisseaux,
De chaleureux houras ont troublé les échos.
Tout s'émeut et s'ébranle, enfin la grande armée
Dans un ordre imposant (2) vogue vers la Crimée,
Et sur les mêmes flots qui portèrent Jason
L'on voit des alliés briller le pavillon :

(1) Si ce ne sont pas les propres paroles du maréchal, au moins
avons nous reproduit sa pensée intime.
(2) La flotte française quitta Varna le 5 septembre 1854, et fut
ralliée le 8 par la flotte anglaise, a la hauteur des bouches du Da
nube. La flotte combinée présentait 25 vaisseaux, dont 7 a trois
ponts, 25 frégates ou corvettes et un nombre immense de trans-
ports. Rien d'imposant comme l'aspect de cette armée navale.

Du poids de ces héros l'onde elle-même est fière
Et chaque nautonier craindrait d'être en arrière.
On avance en chantant, toutes voiles dehors
Et de la Chersonèse (1) on voit enfin les bords.
Là se fixent les yeux, bientôt chaque vigie
A répété trois fois le mot *Eupatorie !!!* (2)
Et dans le même instant, matelots et soldats
Par un joyeux refrain préludent aux combats.
Grand Dieu ! que de guerriers sur ce nouveau rivage
Bientôt vont expirer au milieu du carnage !
Là cependant encor tout est silencieux,
L'oiseau vole, se joue et se perd dans les cieux ;
Rien non plus dans les champs n'attriste la nature,
L'eau des ruisseaux voisins en s'écoulant murmure,
Tandis que l'habitant s'enfuit au fond des bois
En maudissant la guerre et ses cruelles lois.

VI.

On voit les bâtiments s'approchant de la rive,
Prendre sous leurs huniers une allure offensive ;
L'ancre arrête leur course, et dans quelques moments
La toile disparaît et laisse errer les vents.
A l'aspect reconnu de la plage étrangère,
SAINT-ARNAUD veut soudain mettre l'armée à terre.
Aussi prompts que l'éclair ses ordres sont donnés,
Mille légers canots à l'instant sont armés,
Et l'agile aviron va dans quelques secondes
Se frayer un passage en séparant les ondes,
Tandis qu'en même temps le canon des vaisseaux
S'apprête à protéger la marche des bateaux.
SAINT ARNAUD voit, dirige, et de notre marine
Admire le savoir, l'ordre, la discipline !...

(1) L'antique Chersonèse Tauride, si fameuse dans l'histoire.
(2) Eupatoria, côte abrupte et presque déserte.

La troupe en un clin d'œil descend des bâtiments
Les drapeaux déployés guident les régiments :
Bientôt a retenti la trompette guerrière
Et l'heure des combats vient ouvrir la barrière.
A l'instant Menschikoff, soldat présomptueux,
Affronte des Français le choc impétueux.
Jaloux de signaler sa fougueuse vaillance,
Le Zouave indompté sur l'ennemi s'élance ;
Le tambour bat la charge et l'airain retentit,
Sous ses feux répétés le sol tremble, bondit :
Soudain la baïonnette a pris chaque redoute,
Menschikoff aux abois est en pleine déroute ;
De nos aigles jamais au milieu des hasards
Sut il un seul moment affronter les regards ?
Il s'enfuit tout confus en nous laissant la gloire, (1)
Mais SAINT ARNAUD périt au sein de la victoire ...
Au récit de sa mort on a vu les vainqueurs
Marcher tout consternés en répandant des pleurs ! (2)

VII.

Mais qui va maintenant, sur ce lointain rivage
D'un chef si renommé recueillir l'héritage ?
Sur un brave officier chacun a l'œil ouvert
Et cet autre héros s'appelle Canrobert !
Nourri dans les dangers aux champs de l'Algérie,
Où combattant l'Arabe il servait sa patrie, (3)

(1) On ne saurait refuser sans injustice du courage personnel au prince Menschikoff, mais l'histoire n'en fera jamais un habile général pour sa bataille de l'Alma livrée le 20 septembre 1854. Les Russes avaient là 50,000 hommes et 84 bouches à feu. Les forces des alliés étaient un peu supérieures à celles des Russes. Mais l'ennemi avait une excellente position.

(2) Le maréchal de Saint Arnaud mourut d'épuisement et de fatigue au moment de son triomphe.

(3) Il s'était surtout distingué au sanglant assaut de Zaatcha.

Il est calme, prudent, adoré des soldats,
Avare de leur sang au milieu des combats :
C'est de lui désormais sur le sol de Crimée
Que dépendra le sort, le salut de l'armée.
Sous ce chef intrépide, émule des Césars,
Sébastopol va voir assaillir ses remparts.
Mais assez grand encor se présente l'espace
Qui sépare l'Alma des remparts de la place
Pour qu'un temps précieux procure aux ennemis
L'avantage certain de n'être point surpris.
L'armée arrive enfin, campe sous ces murailles
Où doivent se livrer tant d'assauts, de batailles ;
Mais sans perdre un moment, le Russe a sous les flots, (1)
Pour préserver son port, coulé tous ses vaisseaux.
C'est ainsi qu'autrefois son étrange génie
Au sein de Moscou même alluma l'incendie !
Mais des vaisseaux coulés bientôt tous les canons
Garnissent leurs remparts, arment leurs bastions :
Sous l'actif Todleben (2) guerrier presque sublime
Sous ce Vauban du nord qu'un grand courage anime
S'élèvent chaque nuit ces travaux étonnants
Qui redoublent encor l'ardeur des assaillants,
Car ce siége fameux, sans pareil dans l'histoire,
Des enfants d'Occident va rehausser la gloire !
Qui peindra les labeurs, les accablants travaux
Toujours leur disputant jusqu'au moindre repos ?
Il fallait voir l'entrain de notre belle armée
Sous le feu de la place allant à la tranchée !
Ce tableau sera fait par un pinceau divin

(1) On porte à 17 le nombre des vaisseaux coulés par les Russes
à l'entrée de leur port, ce qui équivaut à une perte d'au moins
34 millions de francs.
(2) Ce sont surtout les travaux du général Todleben qui ont ren
du le siége long et difficile.

Et telque l'est celui du célèbre Gudin
Pour construire, élever un abri formidable
L'élan de nos soldats fut vraiment incroyable :
Mais quand ces travailleurs tombaient d'épuisement
On les taxait encor d'avancer lentement. (1)
Cependant tout est prêt et chaque batterie
Gronde, vomit le fer sur la ville ennemie,
Tandis que les vaisseaux, pour foudroyer les forts
Ont aussi combiné réuni leurs efforts !
Quel déluge de feu, quelle horrible tempête
Sébastopol alors voit fondre sur sa tête !
Le tonnerre incessant de deux mille canons
Va redire au lointain le choc des nations ! (2)
Mais de tous nos guerriers le courage stoïque
Est souvent éprouvé sur cette rive antique :
Ici, c'est Aquilon qui, soulevant les flots,
Des peuples alliés fracasse les vaisseaux ; (3)
Ailleurs avec fureur la neige et la tourmente
Poursuivant le soldat retiré sous sa tente
L'ont menacé parfois de glacer sa valeur
Mais il leur opposait son zèle, son ardeur !...

VIII.

Pour délivrer la place, affranchir ses murailles,
L'ennemi veut tenter la chance des batailles
Mais Tracktir, Inkermann et vingt autres exploits
Ne nous ont pas montré les Russes d'autrefois.
Ou bien tels qu'on les vit aux champs de l'Allemagne

(1) Ceci s'imprimait dans quelques gazettes à Paris..

(2) Il s'agit ici de la grande attaque du 17 octobre 1854, où, dans leurs batteries du côté du port, les Russes n eurent pas moins de 1000 hommes tués ou blessés : l'amiral Korniloff fut au nombre de ces derniers.

(3) Furieuse tempête du 14 novembre 1854 où les Français perdirent le vaisseau le *Henri IV* et une corvette à vapeur.

Battus, se rallier et rentrer en campagne ! (1)

Cependant, accablé sous le poids du devoir,
Le brave Canrobert résigne le pouvoir :
Pélissier lui succède, et, non moins énergique,
Par un beau dévouement, une ardeur héroïque
On le verra bientôt, confondant Gortschakoff, (2)
Enfin pulvériser la tour de Malakoff ! (3)
Assauts des plus sanglants, canonnade effroyable
Ont frappé l'ennemi sur tout point vulnérable ;
Sébastopol succombe, et dans ce vaste port
A peine reste t-il un asile à la mort !...
Là, partout sous leurs pas nos troupes triomphantes
N'ont enfin rencontré que des cendres fumantes ;
Là, nos braves ont vu ce déluge de fer
Que pendant douze mois vomit leur feu d'enfer ! (4)
Vainement Mouravieff, au belliqueux génie, (5)
Par de brillants exploits se signale en Asie,
Résiste aux Ottomans, brise tous leurs efforts,
Contraint Omer Pacha d'abandonner ces bords,
C'en est fait; l'Occident met un frein salutaire
Aux desseins imprudents d'où sortirent la guerre :
Nos marins sur Kimburn déchargeant leur courroux,
Ont au Russe étonné porté les derniers coups :
Soudain Saint-Petersbourg est en proie aux alarmes,
Le Moscovite enfin va mettre bas les armes !...

(1) Il semble que les Russes d'Eylau et de la Moskwa étaient plus tenaces que ceux de l'Alma et d'Inkermann.

(2) Le commandant en chef de la place.

(3) La tour de Malakoff, point culminant, était armée de 62 pièces de position.

(4) Propres expressions du prince Gortschakoff. 3 millions de projectiles pesant 40 millions de kilog., ont été lancés sur Sébastopol. On n'estime pas à moins de 6 millions de kilog. la poudre employée par les alliés.

(5) Maintenant le meilleur général de l'armée russe.

Epilogue.

—

Sébastopol détruit pourra sans fiction,
Rappeler les malheurs de l'antique Illion.
Hélas ! Que de débris couvrant au loin la plaine
Attestent les effets de la démence humaine. (1)
Là reposent aussi les restes des héros
Dont le monde admira les immenses travaux :
Intrépides soldats, votre mort glorieuse
Rappellera longtemps cette guerre fameuse,
Où votre sang versé pour conquérir la paix,
Marqua d'un trait sacré l'heure du vrai progrès. (2)

(1) Il est évident que sans l'entêtement de l'empereur Nicolas, que, sans insulter à sa mémoire, on peut philosophiquement qualifier de démence, son boulevard de Sébastopol et sa flotte de la mer Noire existeraient encore.

(2) Le désintéressement des Puissances occidentales et les clauses du traité qui a mis fin a la guerre, sont un immense progrès politique et moral, puisqu'a l'avenir les paisibles navires de commerce ne craindront plus d'être inquiétés dans leur navigation, quoique appartenant aux puissances belligérantes. Un tel traité honore le XIXe siècle et surtout l'Empereur NAPOLÉON III

Cherbourg, imp. de A. COUPEY, rue des Corderies, 27.

www.ingramcontent.com/pod-product-compliance
Lightning Source LLC
Chambersburg PA
CBHW061427170626
46811CB00005B/2166